# *SAVERIO EL CRUEL*

# ROBERTO ARLT

*PERSONAJES*

| | |
|---|---|
| SUSANA | DUEÑA DE LA PENSIÓN |
| JUAN | HOMBRE 1º |
| PEDRO | HOMBRE 2º |
| JULIA | JUANA |
| LUISA | ERNESTO |
| MUCAMA | DIONISIA |
| SAVERIO | DEMETRIO |
| SIMONA | ROBERTO |
| CADDIE | MARÍA |
| IRVING ESSEL | HERALDO |
| ERNESTINA | |
| INVITADAS - INVITADOS - VOCES | |

# ACTO PRIMERO

*Antecámara mixta de biblioteca y vestíbulo. A un costado escalera, enfrente puerta interior, al fondo ventanales.*

ESCENA I

PEDRO, JULIA, SUSANA y JUAN de edades que oscilan entre 20 y 30 años. JULIA teje en la rueda.

SUSANA *(separándose bruscamente del grupo y deteniéndose junto a la escalera).* - Entonces yo me detengo aquí y digo: ¿De dónde ha sacado usted que yo soy Susana?

JUAN. - Sí, ya sé, ya sé ...

SUSANA *(volviendo a la rueda).* - Ya debía estar aquí.

PEDRO (consultando su reloj). - Las cinco.

JUAN *(mirando su reloj).* - Tu reloj adelanta siete minutos. *(A SUSANA).* - ¡Bonita farsa la tuya!

SUSANA *(de pie, irónicamente).* - Este año no dirán en la estancia que se aburren. La fiesta tiene todas las proporciones de un espectáculo.

JULIA. - Es detestable el procedimiento de hacerle sacar a otro las castañas del fuego.

SUSANA *(con indiferencia).* - ¿Te parece? *(JULIA no contesta. SUSANA a JUAN.)* No te olvides.

JUAN. - Noo. *(Mutis de SUSANA.)*

PEDRO. - ¡Qué temperamento!

JULIA *(sin levantar la cabeza del tejido).* -Suerte que mamá no está. No le divierten mucho estas invenciones.

PEDRO. - Mamá, como siempre, se reiría al final.

JULIA. -¿Y ustedes no piensan cómo puede reaccionar el mantequero cuando se dé cuenta que lo han engañado?

PEDRO. - Si es un hombre inteligente festejará el ingenio de Susana.

JUAN *(irónico).* - Vas muy bien por ese camino.

JULIA. - Dudo que un hombre inteligente se sienta agradecido hacia los que se burlan de él.

JUAN. -En cierto modo me alegro que la tía no esté. Diría que era yo el armador de esta fábrica de mentiras.

JULIA. - Mamá tendría razón. Vos y Susana han compaginado esta broma canallesca.

PEDRO. - Julia, no exageres.

JUAN. - Evidentemente, Julia, sos una mujer aficionada a las definiciones violentas. Tan no hay intención perversa en nuestra actividad, que si el mantequero se presta para hacer un papel desairado, el nuestro tampoco lo es menos.

JULIA. -Para divertirse no hay necesidad de llegar a esos extremos ...

PEDRO *(a JUAN)*. -Verdaderamente, si no la estimularas tanto a Susana.

JUAN *(fingiendo enojo)*.-Tendrás la audacia de negarle temperamento artístico a Susana ...

JULIA. -Aquí no se discute el temperamento artístico de Susana. Lo que encuentro repugnante, es el procedimiento de enredar a un extraño en una farsa malintencionada.

JUAN. - ¡Oh, discrepancia! ¡Oh, inocencia! Allí está lo gracioso, Julia. ¿Qué interés encerraría la farsa si uno de los que participa no ignora el secreto? El secreto es en cierto modo la cáscara de banana que caminando pisa el transeúnte distraído.

*ESCENA II*

*Bruscamente entra LUISA, en traje de calle. Tipo frívolo.*

LUISA. -Buenas, buenas, buenas ... ¿qué tal Juan? ¿Llegó el mantequero? *(Se queda de pie junto a la silla de PEDRO.)*

JULIA. -Del mantequero hablamos. *(Silencio.)*

LUISA. -¿Qué pasa? ¿Consejo de guerra? ¿Bromas domésticas? ¿Y Susana?

JULIA. -¿Te parece razonable la farsa que estos locos han tramado?

LUISA. -¡Qué fatalidad! Ya apareció la que toma la vida en serio. Pera hija, si de lo que se trata es de divertirnos buenamente.

JULIA. -¡Vaya con la bondad de ustedes!

LUISA. -¿No te parece, Juan?

JUAN. -Es lo que digo.

JULIA. -Lo que ustedes se merecen es que el mantequero les dé un disgusto.

LUISA. -Lo único que siento es no tener un papel en la farsa.

JULIA. -Pues no te quejes; lo tendrás. Desde ahora me niego a intervenir en este asunto. Es francamente indecoroso.

JUAN. -¿Hablás en serio?

JULIA. -¡Claro! Si mamá estuviera, otro gallo les cantara. *(Levantándose.)* Hasta luego. *(Mutis.)*

ESCENA III

*LUISA, PEDRO y JUAN*

JUAN. -Esto sí que está bueno. Nos planta en lo mejor.

PEDRO. -Quizá no le falte razón. ¿Qué hacemos si al mantequero le da por tomar las cosas a lo trágico?

LUISA *(despeinando a PEDRO)*. -No digas pavadas. Ese hombre es un infeliz. Verás. Nos divertiremos inmensamente. ¿Quieren que haga yo el papel de Julia?

PEDRO. -¿Y tu mamá?

LUISA. -Mamá encantada.

JUAN. - A mí me parece bien. *(Suena el teléfono. PEDRO corre al aparato.)*

PEDRO *(al teléfono)*. - ¿Quién? ¡Ah, sos vos! No, no llegó. Se está vistiendo. A la noche. Bueno, hasta luego. *(Volviendo a la mesa.)* Hablaba Esther. Preguntaba si había llegado el mantequero.

JUAN. -¡Te das cuenta! Nos estamos haciendo célebres. *(Bajando la voz.)* Entre nosotros: va a ser una burla brutal.

LUISA. - Todos se han enterado. ¿Dónde está Susana?

ESCENA IV

*Dichos y MUCAMA, que entra.*

MUCAMA. -Señor Pedro, ahí está el mantequero.

JUAN. -¿Le avisó a Susana?

MUCAMA. -No, niño.

JUAN *(a LUISA).* - Vamos a ver cómo te portás en tu papel de hermana consternada. *(A PEDRO.)* Y vos en tu papel de médico. *(Se levanta.)* Aplomo y frialdad. *(Sale.)*

LUISA. - o, mejor que Greta Garbo.

PEDRO *(a la MUCAMA).* -Hágalo pasar aquí. *(Sale la MUCAMA.)*

LUISA *(de improviso).* -Dame un beso, pronto. (PEDRO *se levanta y la besa rápidamente. Luego se sienta a la mesa, afectando un grave continente. LUISA se compone el cabello. Aparece SAVERIO; físicamente, es un derrotado. Corbata torcida, camisa rojiza, expresión de perro que busca simpatía. Sale la MUCAMA. SAVERIO se detiene en el marco de la puerta sin saber qué hacer de su sombrero.)*

ESCENA V

*SAVERIO, LUISA y PEDRO; después SUSANA*

LUISA *(yendo a su encuentro)*. -Buenas tardes. Permítame, Saverio. *(Le toma el sombrero y lo cuelga en la percha.)* Soy hermana de Susana ...

SAVERIO *(moviendo tímidamente la cabeza)*. - Tanto gusto. ¿La señorita Susana?

LUISA. -Pase usted. Susana no podrá atenderlo ... *(Señalándole a PEDRO.)* Le presento al doctor Pedro.

PEDRO *(estrechando la mano de SAVERIO)*. -Encantado.

SAVERIO. -Tanto gusto. La señorita Susana ... me habló de unas licitaciones de manteca ...

PEDRO. -Sí, el otro día me informó ... Usted deseaba colocar partidas de manteca en los sanatorios ...

SAVERIO. -¿Habría posibilidades?

LUISA. -Lástima grande, Saverio. Usted llega en tan mal momento ...

SAVERIO *(sin entender)*. -Señorita, nuestra manteca no admite competencia. Puedo disponer de grandes partidas y sin que estén adulteradas con margarina ...

LUISA. -Es que ...

SAVERIO *(interrumpiendo)*. -Posiblemente no le dé importancia usted a la margarina, pero detenga su atención en esta particularidad: los estómagos delicados no pueden asimilar la margarina; produce acidez, fermentos gástricos ...

LUISA. - ¿Por qué no habrá llegado usted en otro momento? Estamos frente a una terrible desgracia de familia, Saverio.

SAVERIO. - Si no es indiscreción ...

LUISA. - No, Saverio. No. Mi hermanita Susana ...

SAVERIO. - ¿Le ocurre algo?

PEDRO. - Ha enloquecido.

SAVERIO *(respirando)*. - ¡Ha enloquecido! Pero, no es posible. El otro día cuando vine a traerle un kilo de manteca parecía lo más cuerda ...

LUISA. -Pues ya ve cómo las desdichas caen sobre uno de un momento para otro ...

SAVERIO. -Es increíble ...

PEDRO. - ¿Increíble? Pues, mírela, allí está espiando hacia el jardín.

*Por la puerta asoma la espalda de SUSANA mirando hacia el jardín. De espaldas al espectador.*

PEDRO. - Quiero observarla. Hagan el favor, escondámonos aquí.

*PEDRO, LUISA y SAVERIO Se ocultan. SUSANA se vuelve. SUSANA se muestra en el fondo de la escena con el cabello suelto sobre la espalda, vestida con ropas masculinas. Avanza por la escena mirando temerosamente, moviendo las ruanos como si apartase lianas y ramazones.*

SUSANA *(melancólicamente).* -Árboles barbudos ... y silencio. *(Inclinándose hacia el suelo y examinándolo.)* Ninguna huella de ser humano. *(Con voz vibrante y levantando las manos al cielo.)* ¡Oh Dioses! ¿Por qué habéis abandonado a esta tierna doncella? ¡Oh! sombras infernales, ¿por qué me perseguís? ¡Destino pavoroso! ¿A qué pruebas pretendes someter a una tímida jovencita? ¿Cuándo te apiadarás de mí? Vago, perdida en el infierno verde, semejante a la protagonista de la tragedia antigua. Pernocto indefensa en panoramas hostiles . . .

*Se escucha el sordo redoble de un tambor.*

... siempre el siniestro tambor de la soldadesca. Ellos allá, yo aquí. *(Agarrándose la cabeza.)* Cómo me pesas ... pobre cabeza. Pajarito. *(Mirando tristemente en derredor.)* ¿Por qué me miras así, pajarito cantor? ¿Te lastima, acaso, mi desventura? *(Desesperada.)* Todos los seres de la creación gozan de un instante de reposo. Pueden apoyar la cabeza en pecho deseado. Todos menos yo, fugitiva de la injusticia del Coronel desaforado.

*Nuevamente, pero más lejano, redobla el parche del tambor.*

*(SUSANA examina la altura.)* Pretenden despistarme. Pero, ¿cómo podría trepar a tal altura? Me desgarraría inútilmente las manos. *(Hace el gesto de tocar el tronco de un árbol.)* Esta corteza es terrible. *(Se deja caer al suelo apoyada la espalda a la pata de una mesa.)* ¡Oh, terrores, terrores desconocidos, incomunicables! ¿Quién se apiada de la proscripta desconocida? Soy casta y pura. Hasta las fieras parecen comprenderlo. Respetan mi inocencia. *(Se pone de pie.)* ¿Qué hacer? No hay cueva que no registren los soldados del Coronel. *(Hace el gesto de levantar una mata.)* Tres noches que duermo en la selva. *(Se toma un pie dolorido.)* ¿Pero se puede llamar dormir a este quebranto doloroso: despertarse continuamente aterrorizada por el rugido de las bestias, escuchando el silbido de la serpiente que enloquece la luna? *(Tomándose dolorida la cabeza.)* ¡Ay, cuándo acabará mi martirio!

ESCENA VI

*JUAN y SUSANA*


JUAN *(entra en traje de calle y pone una mano en el hombro de SUSANA).* -Tranquilizate, Susana.

SUSANA *(con sobresalto violento).* -Yo no soy Susana. ¿Quién es usted?

JUAN. - Tranquilícese. *(Le señala la silla.)* Sentémonos en estos troncos.

SUSANA. - ¿Por qué no me contesta? ¿Quién es usted?

JUAN *(vacilante, como quien ha olvidado su papel).* -Perdón ... recién me doy cuenta de que es usted una mujer vestida de hombre.

SUSANA. -Y entonces, ¿por qué me llamó Susana?

JUAN. - ¿Yo la llamé Susana? No puede ser. Ha escuchado mal, jamás pude haberla llamado Susana.

SUSANA *(sarcástica).* -¿Trabaja al servicio del Coronel? ¡eh!...

JUAN (fingiendo asombro). - ¿El Coronel? ¿Quién es el Coronel?

SUSANA *(llevándose las manos al pecho).* - Respiro. Su asombro revela la ignorancia de lo que temo. *(Sonriendo.)* Tonta de mí. Cómo no reparé en su guardamontes.¿Así que usted es el pastor de estos contornos?

JUAN. -Sí, sí... soy el pastor ...

SUSANA. -Sin embargo, de acuerdo a los grabados clásicos; usted deja mucho que desear como pastor. ¿Por qué no lleva cayado y zampoña?

JUAN. -Los tiempos no están para tocar la zampoña.

SUSANA *(poniéndose de pie y examinándole de pies a cabeza).* - Guapo mozo es usted. Me recuerda a Tarzán. *(Para sí.)* Musculatura eficiente. *(Mueve desolada la cabeza.)* Pero no ... es mejor que se vaya ... que vuelva al bosque de donde salió. ..

JUAN. -¿Por qué? No veo el motivo.

SUSANA *(trágica).* - Una horrible visión acaba de pasar por mis ojos. *(Profética.)* L o veo tendido en los escalones de mármol de mi palacio, con siete espadas clavadas en el corazón...

JUAN *(golpeándose jactanciosamente los bíceps).* -¿Siete espadas, ha dicho, señorita? ¡Que vengan! Al que intente clavarme, no siete espadas, sino una sola en el corazón, le quebraré los dientes.

SUSANA. -Me agrada. Así se expresan los héroes. *(Grave.)* Pobre joven. ¿Podría albergarme en su cabaña, pocos días?

JUAN. -¿En mi cabaña? Pero usted ... tan hermosa. ¡Oh! sí ... pero le advierto que mi choza es rústica ... carece de comodidades ...

SUSANA. -Descuide. No le molestaré. Necesito resolver tan graves problemas. *(Sentándose.)* Si usted supiera. Estoy tan cansada. Mi vida ha dado un tumbo horrible. (Para sí.) Parece un sueño todo lo que sucede. ¿Es casado usted?

JUAN. -No, señorita.

SUSANA. -¿Tiene queridas?

JUAN. - Señorita, soy un hombre honrado.

SUSANA. -Me alegro. *(Se pasea.)* Esto simplifica la cuestión. Las mujeres lo echan todo a perder. A ver, déjeme que le vea el fondo de los ojos. *(Se inclina sobre él.)* Su rostro sonríe. En el fondo de sus ojos chispea el temor. *(Sarcástica.)* ¡No está muy seguro de su fidelidad, eh!

JUAN. -¡Susana! ...

SUSANA. -Ya reincidió otra vez... ¿Quién es Susana? ¿Su novia?

JUAN *(vacilante).* - Confundo... perdone... usted me recuerda una pastora que vivía en los contornos. Se llamaba Susana.

SUSANA. -¿No hay peligro de que nos escuche algún espía del Coronel?

JUAN. -Los perros hubieran ladrado.

SUSANA. -¿Es capaz de guardar un secreto?

JUAN. -Sí, señorita.

SUSANA *(meneando la cabeza con desesperación).* -Pero no ... no ... Seguirme es tomar rumbo hacia la muerte. Soy un monstruo disfrazado de sirena. Escúchame, pastorcito, y tú, quien seas que me oyes: huye de mí. Aún estás a tiempo.

JUAN *(golpeándose los bíceps).* -Que vengan los peligros. Les romperé las muelas y les hincharé los ojos.

SUSANA. - Dudo.  Tu alma es noble. Pueril. *(Se pasea irresoluta. Se detiene ante él.)* Evidentemente, tus ojos son francos. El rostro de líneas puras retrata una vida inocente. No perteneces a ese grupo de granujas a quienes agrada enredar a los ingenuos en las mallas de sus mentiras.

JUAN *(tartamudeando).* -Claro que no, señorita. Soy un hombre honrado.

SUSANA. -Y sin queridas. Perfectamente. ¿Sabes quién soy?

JUAN. -Aún no, señorita.

SUSANA. -Apóyate, que te caerás.

JUAN. - La impaciencia me mantiene tieso. No puedo caerme.

SUSANA. -Caerás. Soy... la reina Bragatiana.

JUAN. -¿La reina? ¿Vestida de hombre? ¿Y en el bosque?

SUSANA. - Ha caído un rayo, ¿no?

JUAN. -Tal me suena la noticia.

SUSANA. -Me lo figuraba, querido pastorcito. Vaya si me lo figuraba. No todos los días, a la vuelta del monte, tropieza un cabrero con una reina destronada.

JUAN. -Mi suerte es descomunal.

SUSANA. -¿Comprendes, ahora, la inmensidad de mi desgracia?

JUAN. -Majestad ... la miro y creo y no creo ...

SUSANA. -Me has llamado majestad. ¡Oh sueño! ¡Oh delicia! ... ¡Cuántos días que estas palabras no suenan en mis oídos!

JUAN (*arrodillándose*). -Majestad, permitame que le bese la mano.

Susana se la da a besar con aspavientos de gozo inenarrable.

SUSANA (*enérgica*). -Pastor, quiero pagarte el goce que me has regalado. Desde hoy agregarás a tu nombre el título de conde.

JUAN (reverente). -Gracias, majestad.

SUSANA. -Te nombrarás el Conde del Árbol Florido, porque tu alma es semejante al árbol fragante. Perfuma a los que se amparan a su sombra.

JUAN. - Sus elogios me desvanecen, majestad. Su desventura me anonada.

SUSANA (*melancólica*). -¿Te aperpleja, no? Pues yo me miro en el espejo de los rías, y al descubrirme aparatosa como una vagabunda, me pregunto: ¿Es posible que una reina por derecho divino se vea constreñida a gemir piedad por los bosques, fugitiva a la revolución organizada por un coronel faccioso y algunos tenderos ensoberbecidos?

JUAN. -Ah ... ¿De modo que el responsable es el Coronel?

SUSANA (*violenta*). -Y los tenderos, Conde, los tenderos. Esta revolución no es obra del pueblo, sino confabulación de mercaderes que pregonan que el hombre desciende del mono y de algunos españoles con deudas de monte con puerta. Tú no entiendes de política, pero te diré que mis más fieles amigos han debido fingir adaptarse a este régimen nefasto. Me esperan, ya lo sé, pero ... en tanto ... hazte cargo ... para salvar la vida tuve que disfrazarme de criada y huir por un subterráneo semejante a ignominiosa vulpeja.

JUAN. -Episodio para amedrentar a una robusta matrona, cuanto más a una virginal doncella.

SUSANA. -¡Con qué palabras, Conde, te describiría los trabajos que acompañaron mi fuga! ¡Cómo historiarte las argucias de que tuve que valerme para no ser ultrajada en mi pudor!

JUAN. -¡Oh ... pero no lo fue, no, majestad!

SUSANA. -Me protegió esta estampita de la virgen. (*La saca a el pecho y la besa. Cambiando de tono.*) ¿Te atreve- rías tú? ...

JUAN. -¿A qué, majestad?

SUSANA -A cortarle la cabeza al Coronel.

JUAN *(respingando)*. -¿Cortarle la cabeza? Si el Coronel no me ha hecho nada.

SUSANA *(dejando caer la cabeza, desalentada)*. -Y yo que confiaba en ti. Pensaba: el Conde irá a la cueva del Dragón y con su espada le separará la cabeza del cuerpo. En el Palacio festejaremos el coronelicidio. Si me parece verlo., Tú avanzas por el camino de rosas ... la velluda cabeza del Coronel, chorreando sangre espesa, en brillante bandeja de oro. ¿Te imaginas, pastor, la belleza plástica de ese conjunto? Las más hermosas de mis damas corren a tu encuentro. Suenan los violines y cien heraldos con trompetas de plata anuncian: Ha llegado el Conde del Árbol Florido. Trae la cabeza del Coronel desaforado. ¿Te imaginas la belleza plástica de ese conjunto?

JUAN. -Ah, si convertirnos el coronelicidio. en una cuestión de confianza y estética, no tengo ningún inconveniente en cortarle la cabeza al Coronel.

SUSANA. -Por fin te muestras audaz y carnicero.

JUAN *(ingenuamente)*. - Sin embargo, al Coronel no le va a gustar que le corten la cabeza.

SUSANA. -Conde, no seas pueril. ¿A quién le agrada que le separen la cabeza de los hombros?

JUAN. -¿No podríamos buscar al Coronel y conversarlo? Conversando se entiende la gente.

SUSANA. -¡Oh! ingenuidad de la juventud. Cómo se trasluce, amigo mío, que pasaste los mejores años de tu vida bañando a las ovejas en antisárnicos. Más cuerdo sería pretender persuadir a un mulo.

JUAN. -¿Tan reacio es?

SUSANA. -Imposible, como lo oyes. Le llaman corazón de león; cerebro de gallina ... *(Se escucha el sordo batir del tambor.)* ¿Oyes?

JUAN. - El tambor.

SUSANA. -Los soldados me buscan. Escapemos, Conde.

JUAN. -A mi cabaña, majestad. Allí no la podrán encontrar. *(Salen ambos apresuradamente.)*

ESCENA VII

*Aparecen lentamente SAVERIO, LUISA y PEDRO; después JUAN*

LUISA. -¡Parte el corazón escucharla) ¡Qué talento extraviado! Y tan ciertamente que se cree en el bosque.
*Se sientan alrededor de la mesa.*
PEDRO. - Locura razonable, señorita Luisa.
SAVERIO. -Si me lo contaran no lo creyera. *(Mirándolos de hito en hito.)* Juro que no lo creyera. *(Ingenuamente a PEDRO.)* Dígame, doctor, ¿y ese señor que hace el papel de pastor desconocido ... el Conde ... también está loco?
PEDRO. -No; es un primo de Susana. Se presta a seguirla en la farsa, porque estamos estudiando el procedimiento adecuado para curarla.
SAVERIO. -¡Ah! Por cierto que se necesita ingenio...
LUISA. -Claro ... imagínese ... seguir las divagaciones de una mente enferma.
SAVERIO. -Espantaría al más curado de asombros. *(Pensativamente.)* Y parece que quiere cortarle la cabeza al Coronel de verdad.
LUISA. - Estoy inquieta por ver a Susana.
PEDRO. -No es conveniente, Luisa. La  acompaña Juan y su presencia la tranquiliza.
SAVERIO. -¿Y tendrá remedio esta locura, doctor?
PEDRO. -Es aventurado anticipar afirmaciones. Yo tengo un proyecto. A veces da resultado. Consiste en rodear a Susana del reino que ella cree perdido.
SAVERIO. -Eso es imposible.
LUISA.  No, porque organizaremos una corte de opereta. Contamos ya con varias amigas de Susana que han prometido ayudarnos.
*Entra JUAN enjugándose la frente con un pañuelo.*
JUAN. -¿Qué tal estuve en mi papel?
LUISA *(a coro).* -Muy bien.
JUAN *(mirando a SAVERIO).* -El señor ...
LUISA. -Te presento al señor Saverio, nuestro proveedor de manteca...
SAVERIO. -Tanto gusto ...
JUAN. -El gusto es mío... *(Sentándose, a. LUISA.)* ¿Así que estuve bien?
PEDRO. -Por momentos, vacilante ... Ahora, Juan, lo que necesitamos es encontrar la persona que encarne el papel de Coronel ...
SAVERIO. -¿Y cuál es el objeto de la farsa, doctor?

PEDRO. -En breves términos: la obsesión de Susana circula permanentemente en torno de una cabeza cortada. La cabeza cortada es el leitmotiv de sus disquisiciones. Pues bien, nosotros hemos pensado en organizar una comedia con habilidad tal, que Susana asistirá a la escena en que Juan le corta la cabeza al Coronel. Estoy seguro que la impresión que a la enferma le producirá ese suceso terrorífico, la curará de su delirio.

SAVERIO. -Pero ¿quién se va a dejar cortar la cabeza para curar a Susana?

PEDRO. -La cabeza cortada me la procuraré yo en la morgue de algún_ hospital ...

SAVERIO. -Diablos ... eso es macabro ...

JUAN. -No ... no ... Además es antihigiénico. Uno ignora de que habrá muerto el individuo con cuya cabeza anda a la greña ...

SAVERIO. -Además que si la familia se entera y quiere venir a reclamar la cabeza del muerto, puede armarse un lío...

PEDRO. -También podemos presentarle una cabeza de cera goteando anilina.

LUISA. -Eso, doctor ... una cabeza de cera ...

PEDRO. -Yo, como médico, soy realista y preferiría una cabeza humana auténtica, pero... en fin... pasaremos por la de cera.

SAVERIO. -¿No han averiguado de qué proviene su locura?

PEDRO. -Probablemente ... exceso de lecturas ... una gran anemia cerebral ...

SAVERIO. -¿Menstrua correctamente?

PEDRO *(serio)*. - Creo que sí. *(LUISA se tapa la boca con el pañuelo.)*

SAVERIO. -Si ustedes me permiten y aunque no sea discreto opinar en presencia de un facultativo, creo que nada reconstituye mejor a los organismos debilitados, que una alimentación racional a base de manteca.

PEDRO. -La señorita Susana no está debilitada ... está loca.

SAVERIO. -La manteca también es eficaz para el cerebro, doctor. Gravísimas enfermedades provienen de alimentarse con manteca adulterada.

JUAN. -Se trata de otras dolencias, Saverio.

SAVERIO *(enfático)*.-La manteca fortalece el sistema nervioso, pone elásticas las carnes, aliviana las digestiones...

PEDRO. - No dudamos de las virtudes de la manteca, pero ...

SAVERIO *(imperturbable)*. - La civilización de un país se controla por el consumo de la manteca.

LUISA. -Es que ...

JUAN. -Haga el favor, apártese de la manteca, Saverio. Nosotros queremos saber si puede prestarnos el servicio, pagándole, por supuesto, de desempeñar el papel de Coronel en nuestra farsa.

SAVERIO *(asombrado)*. -Yo de Coronel ... soy antimilitarista.

PEDRO. - Usted sería coronel de comedia... nada más ...

SAVERIO. -¿Y para qué la comedia? ¿No es ésta una magnífica oportunidad para ensayar un tratamiento superalimenticio a base de manteca? Podría proveerles toneladas. Manteca químicamente pura. Índice muy bajo de suero.

PEDRO. -Por favor ... sea razonable, Saverio. Es disparatado curar la manteca ... quiero decir, curar la demencia con manteca.

SAVERIO. -Permítame, doctor. La manteca es una realidad, mientras que lo otro son palabras.

LUISA. -Pero si a Susana nunca le gustó la manteca.

JUAN. -La manteca le repugna.

PEDRO. -Le tiene antipatía a la manteca.

SAVERIO *(triunfalmente, restregándose las manos)*. -¡Ah! ¿Han visto dónde venimos a poner el dedo en la llaga? ¡Con razón!' En el organismo de la señorita Susana faltan las vitaminas A y D características de la buena manteca.

LUISA. - Usted es un maniático de la manteca, Saverio.

SAVERIO *(imperturbable)*. - Las estadísticas no mienten, señorita. Permítame un minuto. Mientras que un ciudadano argentino no llega a consumir dos kilos anuales de manteca, cada habitante de Nueva Zelandia engulle al año dieciséis kilos de manteca. Los norteamericanos, sin distinción de sexos, color ni edad, trece kilos anuales, los ...

LUISA. -Señor Saverio, por favor, cambie de conversación. Me produce náuseas imaginarme esas montañas de manteca.

SAVERIO. -Como gusten. *(Sentándose.)* Yo trato de serles útil.

PEDRO. -¿Y por qué no trata de ayudarnos, accediendo a lo que le pedimos?

LUISA *(insinuante)*. - No es mucho, creo yo, señor Saverio.

SAVERIO. -Es que yo no soy actor, señorita. Además, los coroneles nunca me han sido simpáticos.

JUAN. -¿No vale la salud de Susana el sacrificio de sus simpatías?

LUISA. -Yo misma lo encaminaría, Saverio.

PEDRO. -Es casi un deber de humanidad.

JUAN. - No olvide que la familia de mi prima es en cierto modo benefactora suya.

LUISA. -Nosotros hace ya una buena temporada que le compramos manteca. No en cantidad que nos podamos comparar a los habitantes de Nueva Zelandia, pero, en fin...

SAVERIO. -¿Y mi corretaje? Si yo me dedico a la profesión de coronel perderé los clientes, a quienes tanto trabajo me costó convencerles de que hicieran una alimentación racional a ...

PEDRO. -... a base de manteca.

SAVERIO. -Lo adivinó.

JUAN. -Usted no necesita abandonar su corretaje, Saverio. Con ensayar por las noches es más que suficiente para lo que requiere nuestra farsa.

SAVERIO. - ¿Y se prolongará mucho la comedia?

PEDRO. - No, yo creo que tomando a la enferma en el momento supremo del delirio, su trabajo se limitará a la escena ... digamos así ... de la degollación ...

SAVERIO. - ¿Y yo no corro ningún riesgo?

LUISA. - Absolutamente ninguno, Saverio. Convénzase.

SAVERIO (*semiconvencido*). - Yo no sé ... ustedes me ponen en ...

LUISA. -Ningún aprieto, Saverio, ninguno. Usted acepta porque tiene buen corazón.

PEDRO. -Le juro que no esperábamos menos de usted.

SAVERIO. -En fin ...

JUAN. -Su actitud es digna de un caballero.

PEDRO. -Compraremos el uniforme de coronel en una ropería teatral.

LUISA. -Y la espada ... Ah, si me parece ver el espectáculo.

SAVERIO. -Y yo también creo verlo. (*Restregándose las manos.*) ¿No cree usted que puedo ser un buen actor?

PEDRO. - Sin duda, tiene el físico del dramático inesperado.

JUAN. -Así, de perfil, me recuerda a Moisi.

LUISA. -¿Quiere tomar el té con nosotros, Saverio?

SAVERIO (*mirando precipitadamente el reloj*). -Imposible, gracias. Tengo que entrevistarme ahora mismo con un mayorista ...

JUAN. -Podré llevarle el uniforme a su casa ...

SAVERIO. - Aquí tiene mi dirección. (*Escribe en una tarjeta. A PEDRO.*) Y no olvide de hablarles a los dueños de los sanatorios.

PEDRO. - No faltaba más.

SAVERIO. - Señorita Luisa, tanto gusto.

LUISA (*acompañándolo hasta la puerta*). - Muchas gracias, Saverio. Iré con una amiga a verle ensayar. Se porta usted con nosotros como si fuera de nuestra familia.

SAVERIO *(de espaldas, mientras PEDRO y JUAN mueven la cabeza). -Me confunden sus palabras, señorita. Hasta pronto. (Sale SAVERIO, y LUISA levanta los brazos al cielo.)*

ESCENA VIII

*Dichos, menos SAVERIO; después SUSANA LUISA. -Es un ángel disfrazado de mantequero.*

JUAN *(gritando)*. -Susana, Susana, ya se fue... vení.
SUSANA *(entrando triunfalmente)*. -¿Qué tal estuve? ¿Aceptó? ...
PEDRO. -¡Genial! ¡Qué gran actriz resultás!
LUISA. -Yo me mordía para no aplaudirte... ¡Qué talento tenés!
SUSANA. -¿Así que aceptó?
JUAN. -Y no. Pero lo admirable aquí es tu sentido de improvisación. Pasás de lo humorístico a lo trágico con una facilidad que admira.
LUISA *(alegremente pensativa)*. -Susana .... sos una gran actriz. Por momentos le ponés frío en el corazón a uno.
PEDRO. -Esta vez sí que nos vamos a divertir.
JUAN. -Invitaremos a todo el mundo.
LUISA. -Eso se descuenta.
SUSANA *(abstraída)*. - Oh, claro que nos vamos a divertir. Los tres se quedan un instante contemplándola, admirados, mientras ella, absorta, mira el vacío con las manos apoyadas en
el canto de la mesa.


TELÓN LENTO

ACTO SEGUNDO

*Modesto cuarto de pensión. SAVERIO, uniformado al estilo de fantástico coronel de republiqueta centroamericana frente a la cama deshecha. Sobre la mesa, una silla. El conjunto de mesa y silla cubierto de sábanas y una colcha escarlata. La espada del coronel clavada en la mesa. SAVERIO, de espaldas, frente al espejo.*


## ESCENA I

SAVERIO *(subiendo al trono por la cama, extiende el índice perentoriamente después de empuñar la espada).* - ¡Fuera, perros, quitaos de mi vista! *(Mirando al costado.)* General, que fusilen a esos atrevidos. *(Sonríe amablemente.)* Señor Ministro, creo conveniente trasladar esta divergencia a la Liga de las Naciones. *(Galante, poniéndose de pie.)* Marquesa, los favores que usted solicita son servicios por los que le quedo obligado. *(Con voz natural, sentándose.)* ¡Diablos, esta frase ha salido redondal *(Ahuecando la voz, grave y confidencial.)* Eminencia, la impiedad de los tiempos presentes acongoja nuestro corazón de gobernante prudente. ¿No podría el Santo Padre solicitar de los patronos católicos que impusieran un curso de doctrina cristiana a sus obreros? *(Apasionado, de pie.)* Señora, el gobernante es coronel, el coronel hombre, y el hombre la ama a usted. *(Otra vez en tono chabacano, sentándose.)* Que me ahorquen si no desempeño juiciosamente mi papel de usurpador.

ESCENA II

*SAVERIO y SIMONA*


SIMONA *(voz externa, apagada)*. - ¿Se puede?...
SAVERIO *(gritando)*. -¡Adelante!
SIMONA *(voz externa, apágalo)*. - ¿Se puede? ...
SAVERIO *(gritando)*. - ¡Adelante!
*Entra la criada, SIMONA, la bandeja con el café en la mano, se detiene, turulata, apretando el canto de la bandeja contra el pecho.*
SIMONA. - ¡Vean cómo ha puesto las sábanas y la colcha este mal hombre!
SAVERIO *(enfático)*. - Simona, tengo el tratamiento de Excelencia.
SIMONA *(detenida en el centro del cuarto)*. - Y después dicen que una tiene mal carácter. Que es cizañera, chismosa y violenta. Vean cómo ha emporcado las sábanas. ¿Si no es un asco?
SAVERIO. - Simona, no seas irrespetuosa con un hijo de Marte.
SIMONA. - ¡Qué martes ni miércoles! ¡Cómo se conoce que usted no tiene que deslomarse en la pileta fregando trapos! *(Espantada.)* ¡Y ha clavado la espada en la mesa! Si lo ve la señora, lo mata. ¿Usted está loco?
SAVERIO *(encendiendo un cigarrillo)*. - Simona, no menoscabes la dignidad de un coronel.
SIMONA *(colocando la bandeja en la mesa y echándole azúcar al café. Melancólicamente)*. - ¡Quién iba a decir que terminaría mis viejos años yendo los domingos al hospicio a llevarle naranjas a un pensionista que se volvió loco!
SAVERIO. - Simona, me estás agraviando de palabra.
SIMONA *(alcanzándole el café)*. - ¡Dejar lo seguro por lo dudoso, la manteca por una carnestolenda.
SAVERIO *(exaltándose)*. - Simona, no despotriques. ¿Sabes lo que dicen los norteamericanos? *(Vocaliza escrupulosamente.)* "Give him a chance". ¿Sabes tú lo que significa "Give him a chance"? *(SIMONA guarda silencio.)* Lo ignoras, ¿no? Pues escucha, mujer iletrada: "Give him a chance" significa "dadme una oportunidad". Un compositor ha escrito este patético foxtrot: "A mí nunca; me dieron una oportunidad". *(Expresivo y melifluo.)* ¿Y sabes tú quién es el quejoso de que nunca le dieron una oportunidad? Un jovencito, hijo de una honorable'

norteamericana. *(Grave, rotundo.)* Pues esa oportunidad me ha sido concedida, Simona.

SIMONA. - Usted sabrá mucho de extranjerías, pero ese cargo de coronel de payasería, en vez de darle beneficio le producirá deudas y pesadumbre.

SAVERIO. - No entiendo tu dialéctica pueril, Simona.

SIMONA. - Ya me entenderá cuando se quede en la calle sin el pan y la manteca.

SAVERIO *(impaciente)*. - ¿Pero no te das cuenta, mujer, que en las palabras que pronuncias radica tu absoluta falta de sentido político? ¡Ingenua! Se toma el poder por quince días y se queda uno veinte años.

SIMONA *(llevándose las puntas del delantal a los ojos)*. - ¡Cómo desvaría! Está completamente fuera de sus cabales.

SAVERIO *(autoritario)*. - Simona ...

SIMONA *(enjugándose los ojos)*. - ¿Qué, señor?

SAVERIO *(bajando el tono)*. - Simona, ¿te he negado inteligencia alguna vez?

SIMONA *(enternecida)*. - No, señor.

SAVERIO. - Eres una fámula capacitada.

SIMONA. - Gracias señor.

SAVERIO -Pero... y aquí aparece un pero... *(Declamatorio.)* Te faltan esas condiciones básicas que convierten a una criada en un accidente histórico de significación universal.

SIMONA *(para sí)*. - ¿Qué dice este hombre?

SAVERIO. - Convéncete, Simona, tu fuerte no es la sensibilidad política *(grave)*, ese siniestro sentido de la oportunidad, que convierte a un desconocido, de la mañana a la noche, en el hombre de Estado indispensable.

SIMONA. - Señor Saverio, usted habla como esos hombres que en las esquinas del mercado venden grasa de serpiente, pero ...

SAVERIO. -Hablo como un director de pueblos, Simona.

SIMONA. - Baje la cresta, señor Saverio. Acuérdese de sus primeros tiempos. *(Para sí.)* ¡Si me acuerdo! Volvía tan cansado, que cuando se quitaba los zapatos había que taparse las narices. Parecía que en su cuarto había un gato muerto.

SAVERIO *(irritado)*. - ¡Oh, menestrala timorata! De escuchar tus consejos, Mussolini estaría todavía pavimentando las carreteras de Suiza, Hitler borroneando pastorelas en las cervecerías de Munich.

SIMONA. - La mesa servida no es para todos, señor.

*Se escucha una voz que llama "SIMONA". Mutis rápido de SIMONA. SAVERIO baja del trono y se sienta a la orilla de la cama.*

SAVERIO. - ¡Al diablo con estas mujeres! *(Luz baja.)*

ESCENA III

*Durante un minuto SAVERIO permanece en la actitud un hombre que
sueña. De pronto aparece el vendedor armamentos, revela su condición de
personaje fantástico llevando el rostro cubierto por una máscara de calavera.
Viste a lo jugador de golf, pantalón de fuelles y gorra, a cuadraditos. Lo sigue
un caddie con el estuche de los palos a la espalda.*


SAVERIO (incorporándose). - ¿Quién es usted? ¿Qué desea?.

IRVING. - Excelencia, iba a jugar mi partidita de golf con el reverendo
Johnson, delegado al Congreso Evangélico, cuando me dije:
Combinemos el placer con los negocios. Soy Essel. (*Le extiende su tarjeta.*)
Irving Essel, representante de la Armstrong Nobel Dynamite.

SAVERIO. - Ah, ¿usted es vendedor de armamentos?

IRVING (*sacando un puro y ofreciéndoselo a SAVERIO*). - Nuestra obra
civilizadora se extiende a todas las comarcas del planeta. Las usinas
Armstrong, Excelencia, son benefactoras de cincuenta y dos naciones.
Nuestro catálogo ilustrado, lamento no tenerlo aquí, involucra todas las
armas de guerra conocidas y desconocidas, desde el superdreagnouth
hasta la pistola automática.

SAVERIO. - No puede llegar usted más a punto. Necesito
armamentos..., pero (*Se atusa el bigote.*) ¿conceden créditos, ustedes?

IRVING. -Ahora que, como dice Lloyd George, hemos colgado muy
alto de una cuerda muy corta a los pacifistas, no tenemos inconveniente
en abrir ciertas cuentitas. ¡El trabajo que nos ha dado esa canalla!

SAVERIO. - ¿Y a qué debo el honor de su visita?

IRVING. - Por principio, Excelencia, visitamos a los jefes de Estado
que se inician en su carrera. Huelga decir que nuestras relaciones con
generales y almirantes son óptimas. Podemos darle referencias...

SAVERIO. - Entre caballeros huelgan...

IRVING (*restregándose las manos*). - Realmente, entre caballeros
sobran estas bagatelas ... (*carraspea*), pero como los caballeros no viven
del aire, quería informarle que si su país tuviera la desgracia o suerte de
tener un conflicto con su estado vecino, gustosamente nuestra fábrica le
concedería a usted el diez por ciento de prima sobre los armamentos
adquiridos, el cinco por ciento a los ministros y generales y el uno por
ciento a los periódicos serios ...

SAVERIO. - Bagatelas ...

IRVING. - Exactamente, Excelencia. Minucias. La naturaleza humana es tan frágil como dice mi excelente amigo el reverendo Johnson, que únicamente con dádivas se la puede atraer al sendero de la virtud y el deber...

SAVERIO. - Je, je... Muy bien, míster Irving. Veo que usted es filósofo.

IRVING. - Excelencia, tanto gusto. *(Se marcha, vuelve sobre sí.)* Me permito recomendarle a su atención nuestro nuevo producto químico, el Gas Cruz Violeta. Su inventor acaba de recibir el premio Nobel de la Paz. Good-bye, Excelencia.

SAVERIO. - Indiscutiblemente, estos ingleses son cínicos. *(Golpean en la puerta. Sube la luz.)*

ESCENA IV

*Entran PEDRO, LUISA y ERNESTINA, una muchacha de veinte años*

PEDRO. - Buenas tardes, amigo Saverio.

SAVERIO. - Buenas tardes, doctor.

LUISA. -Pero ¡qué monada está, Saverio! Le voy a presentar a una amiguita, Ernestina.

SAVERIO *(estrechándole la mano)*. - Tanto gusto.

PEDRO. - ¡Qué bien le queda el uniforme! A ver, ¿quiere darse vuelta? *(SAVERIO gira despacio sobre sí mismo.)*

ERNESTINA. - Completamente a la moda.

PEDRO. - Le da un aire marcial ...

LUISA. - Queda elegantísimo ... Si usted se pasea por Florida, las vuelve locas a todas las chicas ...

SAVERIO. - No tanto, no tanto.

LUISA. (picaresca). - Hágase el modesto, Saverio. *(A ERNESTINA.)* ¿No es cierto que se parece a Chevalier en "El desfile del amor"

ERNESTINA. - Cierto; usted, Saverio, tiene cierto parecido con Barrymore el joven.

SAVERIO. - Extraño ... ¿eh?

LUISA. - ¿Y no lo ha visto su novia así vestido? ...

SAVERIO *(estúpidamente)*. - No tengo novia, señorita...

ERNESTINA. - Probablemente es casado y con hijos ...

PEDRO *(que hace un instante mira el catafalco armado por SAVERIO)*. - ¿Y eso qué es?

SAVERIO. - Les diré... una parodia de trono ... para ensayar ...

PEDRO (preocupado). -Notable ...

LUISA. - ¡Qué ingenio, qué maravilla! ¿No te decía yo, Ernestina? Éste es el hombre que necesitamos. *(Con aspavientos.)* ¿Cómo nos hubiéramos arreglado sin usted, Saverio?

PEDRO. - Todo lo ha previsto, usted.

SAVERIO *(observando que LUISA y ERNESTINA miran en rededor)*. - VOY a buscar sillas. Permiso. *(Sale.)*

ERNESTINA. - Está loco, este hombre.

PEDRO. - Es un infeliz, pero no le tomen el pelo tan descaradamente, que se va a dar cuenta. *(Entra SAVERIO con tres sillas.)*

LUISA. - ¿Por qué se molestó, Saverio? *(Se sientan todos.)*

SAVERIO. - No es molestia.

ERNESTINA. - Muchas gracias. Señor Saverio, si no soy indiscreta ... ¿le cuesta mucho posesionarse de su papel de coronel?

LUISA *(a PEDRO)*. - No me hubiera perdonado nunca si me pierdo este espectáculo.

SAVERIO *(a ERNESTINA)*. - Es cuestión de posesionarse, señorita. Nuestra época abunda de tantos ejemplos de hombres que no eran nada y terminaron siéndolo todo, que no me llama la atención vivir hoy dentro de la piel de un coronel.

PEDRO. - ¿Ha visto cómo tenía razón yo, Saverio, al solicitar su ayuda?

LUISA. - Y usted decía que era antimilitarista...

PEDRO. - Como en todo... , es cuestión de empezar ... y probar...

LUISA. - ¿Y qué estaba haciendo cuando nosotros llegamos? ...

SAVERIO. - Ensayaba ...

LUISA *(batiendo las manos como una niña caprichosa)*. - ¿Por qué no ensaya ahora, Saverio?

ERNESTINA. - Oh, sí, señor Saverio, ensaye ...

SAVERIO. - Es que...

PEDRO. -Conviene, Saverio. Seis ojos ven más que dos. Le hablo como facultativo.

LUISA. - Naturalmente.   Sea buenito, Saverio...

ERNESTINA. - ¿Ensayará, no, Saverio?

PEDRO. - De paso le corregimos los defectos . . .

LUISA. - Nunca las escenas improvisadas quedan bien.

SAVERIO *(a PEDRO)*. - ¿Le parece a usted?

PEDRO. - Sí ...

SAVERIO *(encaramándose al trono)*. - ¿Cómo sigue la señorita Susana?

LUISA. - Los ataques menos intensos, pero muy frecuentes...

PEDRO. - Es al revés, Saverio ... Los ataques menos frecuentes, pero igualmente intensos...

SAVERIO. - ¿Y usted cree que se curará?

PEDRO. - Yo pongo enormes esperanzas en la reacción que puede provocar esta farsa.

SAVERIO. - Y si no se cura, no se aflijan ustedes. Puede ser que se avenga a partir el trono con el Coronel usurpador.

PEDRO. - No diga eso, Saverio ...

SAVERIO. -¿Por qué no? Usted sabe que las necesidades políticas determinan casamientos considerados a prima facie irrealizables.

LUISA. - Saverio ... calle usted .... piense que es mi hermana...

ERNESTINA. - Sírvase la espada, Saverio.

SAVERIO. - ¿Hace falta?

PEDRO. - Claro, estará en carácter. *(SAVERIO apoya la espada en la mesa y se queda de pie con aspecto de fantoche serio.)*

SAVERIO. - ¿Estoy bien así?

LUISA *(mordiendo su pañuelo).* - Muy bien, a lo prócer.

PEDRO. -Separe un poco la espada del cuerpo. Es niás gallardo.

SAVERIO. - ¿Así?

ERNESTINA. - A mí me parece que está bien.

PEDRO. - Enderece más el busto, Saverio. Los coroneles siempre tienen aspecto marcial.

SAVERIO *(enderezándose pero sin exageración).* - Bueno, yo me imagino que estoy aquí en el trono rechazando a enemigos políticos y exclamo *(Grita débilmente.).* "Fuera perros".

ERNESTINA *(desternillándose de risa).* - No se oye nada, Saverio, más fuerte.

PEDRO. - Sí, con más violencia.

SAVERIO *(esgrimiendo enérgicamente el sable).* - Fuera, perros ...

ESCENA V

*Bruscamente se abre la puerta y con talante de gendarme, queda detenida en su centro la DUEÑA de la pensión.*

DUEÑA. - ¿Qué escándalo es éste en mi casa? Vea demonio de hombre cómo ha puesto las sábanas y la colcha.
SAVERIO. - No moleste, señora, estoy ensayando.
PEDRO. - Sí se produce algún desperfecto, pagaré yo.
DUEÑA *(sin mirar a PEDRO)*. - ¿Quién lo conoce a usted? *(A SAVERIO.)* Busque pieza en otra parte, porque esto no es un loquero, ¿sabe? *(Se marcha cerrando violentamente la puerta.)*
LUISA. - Qué grosera esa mujer.
ERNESTINA. - Vaya con el geniecito.
SAVERIO. -Tiene el carácter un poco arrebatado. *(Despectivo.)* Gentuza que se ha criado chapaleando barro.
PEDRO. - Continuemos con el ensayo.
SAVERIO *(a PEDRO)*.-¿Quiere hacer el favor, doctor?, cierre la puerta con llave. *(PEDRO obedece y se queda de  pie para seguir la farra.)*
ERNESTINA. - ¿Habíamos quedado? ...
SAVERIO. - Ahora es una conversación que yo mantengo durante el baile, en el palacio imperial, con una dama esquiva. Le digo: "Marquesa, el gobernante es coronel, ¡, el coronel es hombre y el hombre la ama a usted".
LUISA. - Divino, Saverio, divino.
ERNESTINA. - Precioso, Saverio. Me recuerda ese verso de la marquesa Eulalia, que escribió Rubén Darío.
PEDRO. - Ha estado tan fino como el más delicado hombre de mundo.
ERNESTINA. - Escuchándole, quién se imagina que usted es un simple vendedor de manteca.
LUISA. - Mire si Susana, después de curarse, se enamora de usted.
SAVERIO. - Ahora recibo una visita del Legado Papal. Como es natural, el tono de voz tiene que cambiar, trocarse de frívolo que era antes en grave y reposado.
LUISA. - Claro, claro ...
SAVERIO. - A ver qué les parece: "Eminencia, la impiedad de los tiempos acongoja nuestro corazón de gobernante prudente. ¿No podríamos insinuarle al Santo Padre que hiciera obligatorio en las

fábricas de patrones católicos un curso de doctrina cristiana para obreros descarriados?"

PEDRO *(violentamente sincero).* - Genialmente político, Saverio. Muy bien. Usted tiene un profundo sentido de lo que debe ser la ética social.

LUISA. - Esos sentimientos de orden, lo honran mucho, Saverio.

ERNESTINA. - ¡Oh! cuántos gobernantes debieran parecerse a usted.

SAVERIO *(bajando del trono).* - ¿Están satisfechos?

PEDRO. - Mucho.

LUISA. - Usted superó nuestras esperanzas.

SAVERIO. - Me alegro.

ERNESTINA. - Más no se puede pedir.

SAVERIO *(quitándose el morrión).* - ¡A propósito! Antes que ustedes llegaran, pensaba en un detalle que se nos escapó en las conversaciones anteriores.

PEDRO. - ¿.A ver?

SAVERIO. - ¿No tienen ustedes ningún amigo en el Arsenal de Guerra?

LUISA. - No. *(A PEDRO Y ERNESTINA.)* ¿Y ustedes?

PEDRO y ERNESTINA (a coro). - Nosotros tampoco. ¿Por qué?

SAVERIO. -Vamos a necesitar algunas baterías de cañones antiaéreos.

PEDRO *(estupefacto).* - ¡Cañones antiaéreos!

SAVERIO. - Además varias piezas de tiro rápido, ametralladoras y por lo menos un equipo de gases y lanzallamas.

LUISA. - ¿Pero para qué todo eso, Saverio?

SAVERIO. - Señorita Luisa, ¿es un reino el nuestro o no lo es?

PEDRO *(conciliador).* - Lo es, Saverio, pero de farsa.

SAVERIO. - Entendámonos ... de farsa para los otros..., pero real para nosotros ...

LUISA. - Usted me desconcierta, Saverio.

PEDRO. -Andemos despacio que todo se arreglará. Dígame una cosa, Saverio: ¿Usted qué es, coronel de artillería, de infantería o de caballería?

SAVERIO *(sorprendido).* - Hombre, no lo pensé.

ERNESTINA. - Pedro ... por favor ... un coronel de artillería es de lo más antipoético que pueda imaginarse.

LUISA. - Susana se ha forjado un ideal muy distinto.

PEDRO. - Como facultativo, Saverio, me veo obligado a declararle que el coronel de Susana es un espadón cruel pero seductor.

LUISA. - Si ustedes me permiten, les diré esto: en las películas, los únicos coroneles románticos pertenecen al cuerpo de caballería.

SAVERIO. - Señorita: en los Estados modernos, la caballería no cuenta como arma táctica.

ERNESTINA. - Saverio, un coronel de caballería es el ideal de todas las mujeres.

LUISA. - Claro ... el caballo que va y viene con las crines al viento ... los galopes ...

SAVERIO. - Esto simplifica el problema de la artillería, aunque yo preferiría ser secundado por fuerzas armadas. *(Golpean a la puerta.)*

ESCENA VI

*SAVERIO, PEDRO, LUISA y ERNESTINA, y SIMONA, que entra.*

SAVERIO. - Adelante.

SIMONA. - En la puerta hay dos hombres que traen un bulto para usted.

PEDRO. - ¿No molestamos?

SAVERIO. - Por el contrario, es una suerte que ustedes estén. *(A SIMONA que curiosea.)* Haga pasar a esos hombres. *(Mutis de SIMONA, SAVERIO aparta la mesa hasta el fondo de la pared.)*

ESCENA VII

*Siguiendo a SIMONA entran al cuarto dos hombres vestidos de mecánicos. Sostienen soportes horizontales de madera, un aparato cubierto de bolsas. Los presentes se miran sorprendidos. Depositan la carga en el lugar donde estaba la mesa, simétricamente, de manera que el bulto queda encuadrado sobre el fondo rojo que traza el trono junto al muro.*

HOMBRE 2° - Hay que firmar aquí. *(Le entrega a SAVERIO un talonario que éste firma. SAVERIO les da una propina. Los hombres saludan y se van. SIMONA queda de brazos cruzados.)*

SAVERIO. - No la necesitamos, Simona. Puede irse. *(SIMONA se va de mala gana.)*

SAVERIO *(cierra la puerta, luego se acerca al armatoste).* - Señoritas, doctor, no podrán ustedes menos de felicitarme y reconocer que soy un hombre prudente. Vean. *(Destapa el catafalco, y los espectadores que se acercan, retroceden al reconocer en el aparato pintado de negro una guillotina.)*

LUISA. - ¡Jesús! ¿Qué es eso?

SAVERIO *(enfático).* - Qué va a ser ... Una guillotina.

PEDRO *(consternado).* -¿Pero, para qué una guillotina, Saverio?

SAVERIO *(a su vez asombrado).* -¿Cómo para qué? ... y para qué puede servir una guillotina.

ERNESTINA *(asustada).* - Santísima Virgen, qué bárbaro es este hombre ...

SAVERIO. - ¡Y cómo quieren gobernar sin cortar cabezas!

ERNESTINA. - Vámonos, che ...

PEDRO. - Pero no es necesario llegar a esos extremos.

SAVERIO *(riéndose).* - Doctor, usted es de esos ingenuos que aún creen en las ficciones democráticas parlamentarias.

ERNESTINA *(tirando del brazo de PEDRO).* - Vamos, Pedro . . . , se nos hace tarde.

PEDRO. - Saverio ... no sé qué contestarle. Otro día conversaremos.

SAVERIO. - Quédense ... les voy a enseñar cómo funciona ... Se tira de la soguita ...

PEDRO. - Otro día, Saverio, otro día. *(Los visitantes se van retirando hacia la puerta.)*

SAVERIO. - Podemos montar las guillotinas en camiones y prestar servicio a domicilio.

ERNESTINA *(abriendo la puerta).* - Hasta la vista, Saverio. *(Los visitantes salen.)*

SAVERIO *(corriendo tras de ellos).* - Se dejan los guantes, el sombrero. *(Mutis de SAVERIO un minuto.)*

ESCENA VIII

*Grave entra SAVERIO a su cuarto. Se pasea en silencio frente a la guillotina. La mira, la palmea como a una bestia.*


SAVERIO. - Qué gentecilla miserable.Cómo han descubierto la enjundia pequeño-burguesa. No hay nada que hacer, les falta el sentido aristocrático de la carnicería. *(Restregándose las manos, familiar, pero altisonante.)* Pero no importa mis queridos señores. Organizaremos el terror. Vaya si lo organizaremos. *(Se pasea en silencio, de pronto se detiene como si escuchara voces. Se lleva una mano a las orejas.)*

ESCENA IX

*MICRÓFONO*
*Súbitamente se deja oír la voz de varios altoparlantes eléctricos, que hablan por turno y con voces distintas. SAVERIO escucha atento y mueve la cabeza asintiendo.*


ALTOPARLANTE 1º - Noticias de último momento. Saverio, el Cruel, oculta sus planes a la Liga de las Naciones.

SAVERIO - Buena publicidad. El populacho admira a los hombres crueles.

ALTOPARLANTE 2º - Comunicaciones internacionales del Mensajero del Aire: Saverio rechaza toda negociación con las grandes potencias. Los ministros extranjeros se niegan a comentar la actitud del déspota.

ALTOPARLANTE 3º *(largo llamado de sirena, mientras haces de luces de reflectores cruzan el escenario. En sombra, la figura de SAVERIO).* - Informaciones de la Voz del Aire. Comunicados de última hora. La actitud del.dictador Saverio paraliza toda negociación internacional. Desconcierto general en las cancillerías. ¿Saverio provocará la guerra? *(Callan las voces, se apagan los reflectores, y SAVERIO se pasea silencioso.)*

SAVERIO. - Hay que demostrar una extrema frialdad política. *(Grave.)* Las cabezas caerán en el cesto de la guillotina como naranjas en tiempo de cosecha. *(Comienza a cambiarse precipitadamente de traje. Cuando se ha puesto los pantalones golpean a la puerta. Cubre rápidamente la guillotina.)* Adelante ...

ESCENA X

*SAVERIO y SIMONA, que entra*

SIMONA. - Tengo que hacer la cama. *(Retira las sábanas de la mesa, mientras SAVERIO se arregla frente al espejo.)* Vean cómo las ha puesto con los pies. (Se las muestra.) Es una vergüenza. *(Las sacude.)*

SAVERIO *(irritado).* - ¿Empezamos otra vez? *(Bruscamente se vuelve a SIMONA.)* Simona, a pesar de tu rústica corteza, sos una mujer inteligente.

SIMONA *(resentida).* - Eh . . .

SAVERIO. - Me has dado una buena idea, Simona.

SIMONA. - ¿Qué está rezongando así?

SAVERIO: - Sos una mujer inteligente. Tu idea es prudente.

SIMONA. - Miren la colcha. Una colcha flamante.

SAVERIO. -YO iba a dejar el corretaje de manteca, pero ahora conservaré mi puesto.

SIMONA. - Por fin dijo algo razonable.

SAVERIO. - Pediré permiso por algunos días.

SIMONA *(sin volver la cabeza, tendiendo la cama).* - Me alegro.

SAVERIO *(palmeando a SIMONA en la espalda y cogiendo su sombrero).* - Querida, en los Evangelios está escrito: "Sed astutos como serpientes y cándidos como palomas Good-bye, hermosa. *(Se marcha, mientras la sirvienta menea la cabeza extendiendo la colcha.)*

TELÓN

# ACTO TERCERO

## DECORADO

*Salón de rojo profundo. Puertas laterales. Al fondo, sobre el estrado alfombrado, un trono. Pocas bujías encendidas. Ventanas abiertas. Fondo lunado sobre arboledas. Invitados que pasean y charlan, caracterizados con trajes del siglo XVIII.*


## ESCENA I

*VALS*
*PEDRO, JUANA, ERNESTO, DIONISIA, ERNESTINA, LUISA y DEMETRIO*


PEDRO (*a JUANA*). - Menuda fiesta nos damos.

JUANA. - ¿Estoy bien, yo?

PEDRO. - Preciosa.

ERNESTO. - ¿Cómo me queda este morrión?

JUANA. - Parecés un perro de agua.

DIONISIA (*a JUANA*). - ¡Vaya el trabajo que nos da el bendito Saverio!

ESCENA II

*Dichos, JUAN, ROBERTO y MARÍA*


JUAN *(aparece vestido de pastor de grabado, semidesnudo con una piel de cabra que lo envuelve hasta las rodillas).* - ¡Oh, la juventud! *(Lo rodean.)*

JUANA *(a JUAN).* - ¿VOS tenés que cortarle la cabeza al Coronel?

JUAN. - Sí.

PEDRO. - La cabeza cortada está ahí. *(Señala una puerta lateral.)*

ERNESTINA. - Esta maceta estorba aquí. *(La arrima a un costado.)*

LUISA. - El carnaval es completo. únicamente faltan las serpentinas.

DEMETRIO *(a LUISA).* - ¿Es cierto que ese hombre tiene una guillotina en su casa?

LUISA. - Preguntáselo a Ernestina.

ROBERTO *(vestido de coracero).* -¡Ufa!... ¡Cómo molesta esto! *(Se arranca los mostachos y se los guarda en el bolsillo.)*

LUISA *(a JUAN).* - ¿Y Susana?

JUAN. - Está terminando de arreglarse.

PEDRO. - Me voy a esperar a Saverio.

ERNESTINA. - Mirá si no viene ...

LUISA. - No seas mala persona.

ESCENA III

*Por la puerta que da al trono, sobre el estrado, aparece SUSANA. Está caracterizada a lo protagonista de tragedia antigua, el cabello suelto, túnica de pieles y sandalias. El rostro demacrado, las ojeras profundas. Su aspecto es siniestro.*

SUSANA. - Alegres invitados, ¿cómo me encuentran? *(Cesa la música.)*

TODos *(a coro)*. - Bien, bien ...

JUAN *(saltando al estrado)*. - Distinguida concurrencia. Un minuto de silencio, que no seré latero. Tengo el gusto de presentarles a la inventora de la tragedia y de la más descomunal tomadura de pelo que se tiene conocimiento en Buenos Aires. Nosotros los porteños nos hemos especializado en lo que técnicamente denominamos cachada. La cachada involucra un concepto travieso de la vida. Si mal no recuerdo, el difunto literato José Ingenieros organizó, con otros animales de su especie, una peña de cachadas, pero todas palidecen comparadas con ésta, cuya autora es la pulcra jovencita que con ojos apasionados contemplamos todos. Servidos, señores.

VOCES. - Bien, bien, que hable Susana.

VOCES. - Sí, que hable. *(JUAN baja del estrado.)*

SUSANA *(avanza hacia la punta del estrado. Se hace silencio)*. - No conviene que un autor hable de su obra antes de que el desenlace horripile a la concurrencia. Lo único que les digo es que el final les divertirá bárbaramente. *(Baja. Aplausos. Los grupos se desparraman y charlan entre sí.)*

LUISA. - Apártate un poco el pelo de la frente.

SUSANA. - ¿Qué tal estoy?

ERNESTO. - Tenés un aspecto trágico.

DIONISIA. - Si recitas bien lo que aprendiste, vas a poner frío en el alma.

DEMETRIO. - Tenés el aspecto de una endemoniada.

ERNESTINA. - El que está bien es Juan con su piel de cabra.

JUAN *(incorporándose al grupo. A SUSANA)*. - Mirá si Saverio no viene...

SUSANA. - Vendrá, no te preocupés.

DEMETRIO. - A la que no veo por aquí es a Julia.

SUSANA *(irónicamente)*. - Julia es una mujer seria, que no toma parte en estas payasadas.

DEMETRIO. - Mirá si te salís casando con el mantequero.

SUSANA *(irritada).* - No digas pavadas.

MARIA. - El alboroto que se arma dentro de un rato aquí.

DEMETRIO *(volviéndose a todos y guiñándoles un ojo).* - Pero qué pálida estás, Susana...

SUSANA *(fría).* - Me he pintado mucho.

JUAN. - ¿No será miedo al Coronel?

MARÍA. - Mirá si intenta cortarle la cabeza...*(A los otros.)* Bueno, nosotros estamos aquí para defenderte.

DEMETRIO. - ¡Qué bueno seria que Saverio trajera la guillotina aquí!

JUAN *(a SUSANA).* - No tengas cuidado. Le hemos puesto en la vaina un sable de cartón.

SUSANA. - Me alegro de esa precaución. No está de más.

PEDRO *(irónico).* - Esta vez parece que ustedes se divierten en grande, ¿eh?

DIONISIA. - ¿Y vos? Creo que sos el que más se divierte.

ERNESTINA. - Deberíamos buscar a Julia.

SUSANA *(vivamente).* -No, por favor. Déjenla tranquila.

JUAN *(mirando en rededor).* - Pido la palabra. En mi pequeño discurso de hoy se me olvidó esta aclaración:

*¿Saben lo que me recuerda esta escena? El capítulo del Quijote en que Sancho Panza hace de gobernador de la ínsula de Barataria.*

DEMETRIO. - Es cierto ... Y nosotros. . . el de duques locos.

JUAN *(guiñando él ojo a todos).* - ¿Quién es el loco aquí?

TODOS Dos (haciendo círculo en derredor de

SUSANA *(señalándola con el dedo).* - Susana.

SUSANA *(amablemente).* - Y quiero seguir siendo loca, porque siendo loca pongo en movimiento a los cuerdos, como muñecos.

JUAN *(levantando el brazo).* - Aquí todos somos locos, pero el más miserable de los locos aún no ha venido. Se hace desear. Hace sufrir a Susana. *(Volviendo a los otros.)* Porque Susana ama al vendedor de manteca. Lo ama tiernamente.

SUSANA *(riendo forzada).* - Esto sí que está bueno...

JUAN *(exaltado y declamatorio).* - Pero yo también amo a Susana. Pero ella, sorda, no escucha mis palabras. Sigue su ruta por un camino sombrío e ignorado.

ToDos *(a coro).* - Bien... Bien...

JUAN. - No digo más ... Me han interrumpido en lo mejor.

LUISA. - Pero ese Saverio, ¿viene o no viene?

DEMETRIO. - Parece que no viene.

ERNESTINA *(a PEDRO)*. - ¿Por qué no vas a la estación?

ESCENA IV

*Dichos, y la MUCAMA, que sale luego con SUSANA*

MUCAMA. - Niña, ya llegó el señor Saverio.
SUSANA. - Hasta luego... A ver cómo se portan. *(Mutis SUSANA y MUCAMA.)*
JUAN. - Todo esto es maravilloso. ¿Y saben por qué es maravilloso? Porque en el aire flota algo indefinible. Olor a sangre. *(Riéndose.)* Preveo una carnicería.
ERNESTINA. - No hablés así, bárbaro.
JUAN. - ¿No huelen la sangre, ustedes?
VOCES. - Que se calle ...
JUAN. - Conste que me calla, pero certifico mis presentimientos.
LUISA. - ¿No querés que llamemos a un escribano?

ESCENA V

*Dichos y la MUCAMA, luego SAVERIO y PEDRO*

MUCAMA. - Ahí viene el señor Saverio. *(Sale.)*
JUAN. - Bueno, pórtense decentemente, ¿eh?
*SAVERIO se presenta súbitamente en el salón, seguido de PEDRO. Los espectadores se apartan instintivamente al paso de SAVERIO, que camina marcialmente. No saluda a nadie. Su continente impone respeto.*
JUAN *(avanza al centro del salón).* - Señor Saverio, la cabeza cortada está en este cuarto. *(Señala una puerta.)*
SAVERIO. - ¿Usted hace el papel de pastor?
JUAN. - Sí, señor.
SAVERIO. - Puede retirarse. *(JUAN sale desconcertado. SAVERIO sube al trono y mira a la concurrencia, que también lo mira a él.)* Señores, la farsa puede comenzar cuando ustedes quieran. (A PEDRO.) Ordene a la orquesta que toque. *(Sale PEDRO.)*

ESCENA VI

*SAVERIO se sienta en el trono y comienza a sonar un vals. SAVERIO mira
pensativo a las parejas, que al llegar bailando frente a él vuelven la cabeza para
observarlo. HERALDO (presentándose al final del salón. Con trompeta plateada
y pantalones a la rodilla, lanza un toque de atención, y las parejas se abren en
dos filas). - Majestad, la reina Bragatiana quiere verle.*

SAVERIO *(siempre sentado).* - Que pase.

SUSANA *(majestuosamente avanza entre las dos filas).* - ¿Los señores
duques se divierten? *(SAVERIO no abandona su actitud meditativa y fría.)*
¡Su reina fugitiva padeciendo en tierras de ignorada geografía! ¡Ellos
bailando! Está bien. *(Lentamente.)* ¿Qué veo? Aquí no hay fieras de piel
manchada, pero sí elegantes corazones de acero. El Coronel permanece
pensativo. *(SAVERIO no vuelve la cabeza para mirarla.)* Obsérvenle
ustedes. No me mira. No me escucha. *(Bruscamente rabiosa.)* ¡Coronel
bellaco, mírame a la cara!

SAVERIO *(a la concurrencia.)* - Lástima que los señores duques no
tuvieran una reina mejor educada.

SUSANA *(irónica).* - ¡Miserable! ¿Pensabas tú en la buena crianza
cuando me arrebataste el trono? *(Patética.)* Destruiste el paraíso de una
virginal doncella. Donde ayer florecían' rosas, hoy rechina hierro
homicida.

SAVERIO. - ¿Está haciendo literatura, Majestad?

SUSANA. - A la elocuencia de la inocencia ultrajada el Coronel la
llama literatura. Mírenme, señores duques. Hagan la caridad. ¿Es digno
de una reina mi atavío? ¿Dónde están las doncellas que prendían flores
en mis cabellos? Miro, las busco inútilmente y no las encuentro. ¡Ah, si
ya sé! ¿Y mis amigos? Mis dulces amigos. (Gira la cabeza.) Tampoco los
veo. *(Ingenua.)* ¿Estarán en su hogar, acariciando a sus esposas,
entregados a tiernos juegos con sus hijos? *(Terrorífica.)* No. Se pudren en
las cárceles. En sus puestos, traman embustes los apoderados del
Coronel. *(Burlona.)* Del Coronel que no se digna mirarme. ¿Y por qué no
me mira el señor Coronel? Porque es duro mirar cara a cara al propio
crimen. *(Se pasa una mano por la frente. Permanece un segando en silencio. Se
pasa lentamente las manos por las mejillas.)* ¡Dura cosa es el exilio! ¡Dura
cosa es no tener patria ni hogar! Dura cosa es temblar al menor suspiro
del viento. Cuando miro a los campesinos ensarmentando viñas y
escucho a las mozas cantando en las fuentes, torrentes de lágrimas me
queman las mejillas. ¿Quién es más desdichada que yo en la tierra?
¿Quién es el culpable de esta obra nefasta? Allí está *(Lo señala con el*

*índice),* fríamente sentado. Receloso como el caballo falso. Mientras él retoza en mullido lecho, yo, semejante a la loba hambrienta, merodeo por los caminos. No tengo esposo que me proteja con su virilidad, no tengo hijos que se estrechen contra mi pecho buscando generosa lactancia.

SAVERIO *(siempre frío).* - Indudablemente, señora, los hijos son un consuelo.

SUSANA. - ¿Lo escucharon? (Suplicante.) ¿Levantaron acta de su frialdad burlona? Los hijos son un consuelo. ¡Contéstanos, hombre siniestro! ¿Fuiste consuelo de la que te engendró? ¿Qué madre venenosa adobó en la cuna tus malos instintos? ¿Callas? ¿Qué nodriza te amamantó con leche de perversidad?

SAVERIO *(siempre frío y ausente).* - Hay razones de Estado.

SUSANA *(violentísima).* - ¡Qué me importa el Estado, feroz fabricante de desdichas! ¿Te he pedido consejos, acaso? Bailaba con mis amigas en los prados, al son de los violines ... Violines... qué lejos estáis... ¿Te llamaron acaso mis consejeros? ¿Te solicité que remendaras leyes, que zurcieras pragmáticas? Pero guarda silencio, hombre grosero. Te defiendes con el silencio, *Coronel. Tuya es la insolencia del caporal, tuya la estolidez del recluta. Pero no importa. (Suave.)* Lo he perdido todo, sólo quiero ganar un conocimiento... , y ese conocimiento, Coronel, que es lo único que te pido, es que me aclares el enigma de la criminal impasibilidad con que me escuchas.

SAVERIO *(se pone de pie).* - Le voy a dar la clave de mi silencio. El otro día vino a verme su hermana Julia. Me informó de la burla que usted había organizado con sus amigas. Comprenderá entonces que no puedo tomar en serio las estupideces que está usted diciendo. *(Al escuchar estas palabras, todos retroceden como si recibieran bofetadas. Silencio mortal. SAVERIO se sienta, impasible.)*

SUSANA *(dirigiéndose a los invitados).* - Les ruego que me dejen sola. Tengo que pedirle perdón a este hombre. *(Cara al suelo, silenciosamente, salen los invitados.)*

ESCENA VII

*SAVERIO y SUSANA*

SUSANA. - Es terrible la jugada que me ha hecho, Saverio, pero está bien. *(Se sienta al pie del trono, pensativamente.)* Luces, tapices. Y yo aquí sentada a tus pies como una pobre vagabunda. *(Levantando la cara hacia SAVERIO.)* Se está bien en el trono, ¿eh, Coronel? Es agradable tener la tierra girando bajo los pies.

SAVERIO *(poniéndose de pie)*. - Me marcho.

SUSANA *(levantándose precipitadamente, le toma los brazos)*. - Oh, no, quédese usted, por favor. Venga... Miremos la luna. *(Lo acompaña, tomándolo del brazo, hasta la ventana.)* ¿No le conmueve este espectáculo, Coronel?

SAVERIO *(secamente)*. - ¿Por qué se obstina en proseguir la farsa?

SUSANA *(sincera)*. - Me agrada tenerlo aquí solo, conmigo. *(Riéndose.)* ¿Así que usted se hizo fabricar una guillotina? Eso sí que está bueno. Usted es tan loco como yo. *(SAVERIO se deshace de su mano, se sienta pensativo en el trono. SUSANA se queda de pie.)*

SUSANA. - ¿Por qué no me escucha? ¿Quiere que me arrodille ante usted? *(Se arrodilla.)* La princesa loca se arrodilla ante el desdichado hombre pálido. *(SAVERIO no la mira. Ella se para.)* ¿No me escucha, Coronel?

SAVERIO. - Me han curado de presunciones las palabras de su hermana Julia.

SUSANA. - Julia ... Julia ... ¿Qué sabe Julia de sueños? Usted sí que es capaz de soñar. Vea que mandar a fabricar una guillotina ... ¿Corta bien la cuchilla?

SAVERIO. - Sí.

SUSANA. - ¿Y no es feliz de tener esa capacidad para soñar?

SAVERIO. - ¿Feliz? Feliz era antes ...

SUSANA. - ¿Vendiendo manteca?

SAVERIO *(irritado)*. -Sí, vendiendo manteca. *(Exaltándose.)* Entonces me creía lo suficiente poderoso para realizar mi voluntad en cualquier dirección. Y esa fuerza nacía de la manteca.

SUSANA. - ¿Tanta manteca comía usted?

SAVERIO. - Para ganarme la vida tenía que realizar tales esfuerzos, que inevitablemente terminé sobreestimando mi personalidad.

SUSANA. -¿Y ahora está ofendido conmigo?

SAVERIO. - Usted no interesa ... es una sombra cargada de palabras. Uno enciende la luz y la sombra desaparece.

SUSANA. - Tóqueme ... verá que no soy una sombra.

SAVERIO. - Cuando yo tenía la cabeza llena de nubes, creía que un fantasma gracioso suplía una tosca realidad. Ahora he descubierto que cien fantasmas no valen un hombre. Escúcheme, Susana: antes de conocerlos a ustedes era un hombre feliz ... Por la noche llegaba a mi cuarto enormemente cansado. Hay que lidiar mucho con los clientes, son incomprensivos. Unos encuentran la manteca demasiado salada, otros demasiado dulce. Sin embargo, estaba satisfecho. El trabajo de mi caletre, de mis piernas, se había trocado en sustento de mi vida. Cuando ustedes me invitaron a participar en la farsa, como mi naturaleza estaba virgen de sueños espléndidos, la farsa se transformó en mi sensibilidad en una realidad violenta, que hora por hora modificaba la arquitectura de mi vida. (Calla un instante.)

SUSANA. - Continúe, Saverio.

SAVERIO. - ¡Qué triste es analizar un sueño muerto! Entonces mis alas de hormiga me parecían de buitre. Aspiraba encontrarme dentro de la piel de un tirano. *(Abandona el trono y se pasea nervioso.)* ¿Comprende mi drama?

SUSANA. -Nuestra burla...

SAVERIO *(riéndose)*. - No sea ingenua. Mi drama es haber comprendido, haber comprendido... que no sirvo ni para coronel de una farsa... ¿No es horrible esto? El decorado ya no me puede engañar. Yo que soñé ser semejante a un Hitler, a un Mussolini, comprendo que todas estas escenas sólo pueden engañar a un imbécil ...

SUSANA. - Su drama consiste en no poder continuar siendo un imbécil.

SAVERIO *(sarcástico)*. - Exacto, exacto. Cuánta razón tenía Simona.

SUSANA. - ¿Quién es Simona?

SAVERIO. - La criada de la pensión. Cuánta razón tenía Simona al decirme: "Señor Saverio, no abandone el corretaje de manteca. Señor Saverio, mire que la gente de este país come cada día más manteca". Usted sonríe. Resulta un poco ridículo parangonar la venta de la manteca con el ejercicio de una dictadura. En fin ... ya está hecho. No he valorado mi capacidad real para vivir lo irreal ...

SUSANA. - ¿Y yo, Saverio? ¿Yo ... no puedo significar nada en su vida? ...

SAVERIO. - ¿Usted? Usted es un monstruo ...

SUSANA *(retrocediendo)*. - No diga eso.

SAVERIO. - Naturalmente. La mujer que es capaz de compaginar fríamente la farsa que usted ha montado, es una fiera. No se lastima de nada ni de nadie.

SUSANA. - Quería conocerlo a través de mi farsa.

SAVERIO. - Ésas son tonterías. *(Paseándose.)*

SUSANA. - Era la única forma de medir su posible correspondencia conmigo. Ansiaba conocer al hombre capaz de vivir un gran sueño.

SAVERIO. - Usted se confunde. No ha soñado. Ha ridiculizado... Es algo muy distinto eso, creo.

SUSANA. - Saverio, no sea cruel.

SAVERIO. - Si hace quince días alguien me hubiera dicho que existía una mujer capaz de urdir semejante trama, me hubiera conceptuado feliz de conocerla. Hoy su capacidad de fingimiento se vuelve contra usted. ¿Quién puede sentirse confiadamente a su lado? Hay un fondo repugnante en usted.

SUSANA. - Saverio, cuidado, no diga palabras odiosas.

SAVERIO. - Ustedes son la barredura de la vida. Usted y sus amigas. ¿Hay acaso actitud más feroz que esa indiferencia consciente con que se mofan de un pobre diablo?

SUSANA. - Esto es horrible.

SAVERIO. - ¿Tengo yo la culpa? Me han dado vuelta como a un guante.

SUSANA. - Estoy arrepentida. Saverio créame ...

SAVERIO *(fríamente)*. - Es posible... pero usted saldrá de esta aventura y se embarcará en otra porque su falta de escrúpulos es maravillosa... Lo único que le interesa es la satisfacción de sus caprichos. Yo, en cambio, termino la fiesta agotado para siempre.

SUSANA. - ¿Qué piensa hacer?

SAVERIO. - Qué voy a pensar... volver a mi trabajo.

SUSANA. - No me rechace, Saverio. No sea injusto. Trate de hacerse cargo. Cómo puede una inocente jovencita conocer el corazón del hombre que ansía por esposo...

SAVERIO. - ¿Volvemos a la farsa?

SUSANA. - ¿Que mi procedimiento es ridículo? En toda acción interesan los fines, no los medios. Saverio, si usted ha hecho un papel poco airoso, el mío no es más brillante. Vaya y pregúntele a la gente qué opina de una mujer que se complica en semejante farsa ... y verá lo que le contestan. *(SAVERIO se sienta en el trono, fatigado.)* ¡Qué cara de cansancio tiene! *(SAVERIO apoya la cara en las manos y los codos en las rodillas.)* ¡Cuánto me gustas así! No hables, querido. *(Le pasa la mano por el cabello.)* Estás hecho pedazos, lo sé. Pero si te fueras y me dejaras, aunque vivieras cien siglos, cien siglos vivirías arrepintiéndote y preguntando: ¿Dónde está Susana? ¿Dónde mi paloma?

SAVERIO *(sin levantar la cabeza).* - ¡Valiente paloma está hecha usted!

SUSANA *(acariciándole la cabeza).* - ¿Estás ofendido? ¿No es eso, querido? Oh, no, es que acabas de nacer, y cuando se acaba de nacer se está completamente adolorido. La soledad te ha convertido en un hombre agreste. Ninguna mujer antes que yo te habló en este idioma. Necesitabas un golpe, para que del vendedor de manteca naciera el hombre. Ahora no te equivocarás nunca, querido. Caminarás por la vida serio, seguro. Eres un poco criatura. Tu dolor es el de la mariposa que abandona la crisálida.

SAVERIO *(restregándose el rostro).* - ¡Cómo pesa el aire aquí!

SUSANA *(poniéndose de pie a su lado).* - Soy la novia espléndida que tu corazón esperaba. Mírame, amado. Me gustaría envolverte entre mis anillos, como si fuera una serpiente de los trópicos.

SAVERIO *(retrocediendo instintivo en el sillón).* - ¿Qué dice de la serpiente? *(Con extrañeza.)* ¡Cómo se han agrandado sus ojos!

SUSANA. - Mis ojos son hermosos como dos soles, porque yo te amo, mi Coronel. Desde pequeña te busco y no te encuentro. *(Se deja caer al lado de SAVERIO. Le pasa la mano por el cuello.)*

SAVERIO. - Mire que puede entrar gente.

SUSANA. - ¿Te desagrada que esté tan cerca tuyo?

SAVERIO. - Parece, que se estuviera burlando.

SUSANA *(melosa).* - ¿Burlarme de mi Dios? ¿Qué herejía has dicho, Saverio?

SAVERIO (violento). - ¿Qué farsa es la tuya? *(Le retira violentamente el brazo.)*

SUSANA. - ¿Por qué me maltratas así, querido?

SAVERIO. - Disculpe ... pero su mirada es terrible.

SUSANA. - Déjame apoyar en ti. *(Lo abraza nuevamente por el cuello.)*

SAVERIO. - Hay un odio espantoso en su mirada. (Trata de desasirse.)

SUSANA. - No tengas miedo, querido. Estás impresionado.

SAVERIO *(desconcertado).* - ¿Qué le pasa? Está blanca como una muerta.

SUSANA (melosa). - ¿Tienes miedo, querido?

SAVERIO *(saltando del trono).* - ¿Qué oculta en esa mano?

SUSANA *(súbitamente rígida, de pie en el estrado).* - Miserable ...

SAVERIO. - ¡Susana! (*Súbitamente comprende y grita espantado.*) Esta mujer está loca de verdad ... Julia ... (*SUSANA extiende el brazo armado de un revólver.*) ¡No! ¡Susana!

ESCENA VIII

*Suenan dos disparos. Los invitados aparecen jadeantes en la puerta del salón. SAVERIO ha caído frente al estrado. Dichos, JUAN, PEDRO, JULIA, etcétera.*


JUAN. - ¿Qué has hecho, Susana? *(SUSANA, cruzada de brazos, no contesta. Mira a SAVERIO.)*

PEDRO *(inclinándose sobre SAVERIO).* - ¿Está herido, Saverio?

*JULIA avanza hasta el centro de la sala, pero cae desmayada antes de llegar a SUSANA.*

SUSANA *(mirando a los hombres inclinados sobre SAVERIO.)* Ha sido inútil, Coronel, que te disfrazaras de vendedor de manteca.

PEDRO. - Saverio ... perdón ... no sabíamos.

JUAN. - Nos ha engañado a todos, Saverio.

SAVERIO. *(señalando con un dedo a SUSANA).* - No era broma. Ella estaba loca. *(Su brazo cae. Los invitados se agrupan en las puertas.)*


TELÓN FINAL